Markus Daumüller

Der Richter

Bibliographische Information der Deutschen Nationalbibliothek. Die Deutsche Nationalbibliothek verzeichnet diese Publikation in der Deutschen Nationalbibliografie. Detaillierte bibliografische Daten sind im Internet über dnb.dnb.de abrufbar.

TWENTYSIX

Eine Marke der Books on Demand GmbH

© 2022 Markus Daumüller

Herstellung und Verlag:

BoD - Books on Demand, Norderstedt

ISBN: 9783740787370

Der Richter

Johannes war seit 14 Jahren Richter am Amtsgericht Köln. Das heißt, die Karriere ist an ihm vorbeigezogen. Ihn umgaben noch immer die Welten von Ladendieben, Schlägern und Rasern oder Figuren der parallelen Subkulturen Kölns. Die skurrilsten Existenzen versammelten sich vor seinen Augen und erzählten ihm Opfer- und Heldengeschichten. Solche vom Elend oder den Katastrophen ihres Lebens, von Rollen in Einflussbereichen. Johannes war ein Vertreter des Rechtsstaats, und das umtrieb ihn: Dass Justitia nicht die Person, sondern ihre Taten erörterte, war seine Überzeugung. Doch die Gestalten, die vor ihm saßen, erweckten aus den unmöglichsten Gründen seine Sympathie. Er hatte eine Schwäche für ihre Geschichten über menschliche Abgründe, und manchmal verspürte er Verständnis für die Täter und Unverständnis für die Gesetze.

Noch abends philosophierte er, ob Menschen einen freien Willen hätten oder inwiefern es in Gerichtsverfahren um Gerechtigkeit ging. Diese Tiefgründigkeit war der Sargnagel seines beruflichen Erfolgs. Denn wie überall waren auch in der Justiz nicht Nachdenklichkeit, sondern Image und Funktionieren maßgeblich für ein Vorankommen im System. Dieses schrie nach Anpassung und Nebelkerzen des eigenen Tuns, nicht nach dem Drehen und Wenden von Rechtsbegriffen. Johannes wollte nicht einfach urteilen. Er wollte die Welt seiner Klienten verstehen. Das war ein unkonventionelles Vorhaben, weil er dort auf ein Leben traf, das die Gesetze nicht abbilden konnten, da es eine eigene Sprache hatte. Manchmal ertappte er sich dabei, wie es ihn faszinierte und er die Paragraphentexte auf den Papierstapeln infrage stellte. Die Töne des Lebens hatten ihn gelehrt, dass die Partitur eines Gerichts nicht ausdrücken kann, welche Zwänge Menschen gesetzesbrüchig werden lassen. Sie erhellt kaum die prägende Sozialisation, die Abgründe des Alltags, das Milieu dieser Protagonisten. Deswegen war eine Gerichtsverhandlung für Johannes keine justiziable Abrechnung des Staates, sondern eine Schulung seines Gehörs. Er versuchte intensiv, mit den Sinnen zu erfassen, ob Schuld eine Kategorie sein konnte, die das Handeln dieser Menschen passend zusammen fasste. Vielleicht, so plagten ihn Selbstzweifel, war er ein sentimentales Weichei, unfähig für die Herausforderungen des Rechts. Bereits im Studium fragte er, ob sich das Recht und die Menschlichkeit einander enthielten oder ausschlössen. Er empfand Unbehagen an dem Technokratischen, dem Statischen, der Eindimensionalität von Gesetzestexten, an ihrem pseudopsychologischen Duktus. Ihm fehlten Zusammenhänge zwischen anthropologischen und juristischen Elementen. In seinem Kopf tobte ein Kampf um den Sinn seiner Rechtsprechung.

Seine Rolle war zwar klar definiert. Aber sie passte nicht zu seinem Empfinden, was Gerechtigkeit sei. Er konnte sich dem Unbehagen nicht entledigen, dass hier keine Taten, sondern Lebensstile und Milieus verurteilt werden sollten. Dass es nicht um Recht ging, sondern um das *korrekte* Leben. Um *gelungene* Enkulturation, um eine Zurechtbiegung falscher Lebensentwürfe und sozial definierten Anstand. Dass man ein bestimmter Mensch sein soll. Aber diese Form der Anmaßung konnte seine Richterrolle keinesfalls konkretisieren. Ihm ging es nicht um das Bestrafen der moralischen Abweichung von einer Norm. Ihm ging es um die Qualität menschlichen Miteinanders, jenseits eines Stilllebens. Saß Johannes vielleicht einem romantisierenden Menschenbild auf? Verkannte er, wie viele Menschen ihre Seele an den Teufel verkauft hatten und Marionetten des Bösen wurden? Er war nicht naiv. Bereits als Teenager widerfuhr ihm das Schlechte vieler Charaktere. Doch die Verwandlung wilder Freunde in bürgerliche Existenzen lehrte ihn, dem Schubladendenken mit Misstrauen zu begegnen. Er war nicht Richter geworden, um die Moral hinter den Gesetzen zu erzwingen, sondern um der Vernunft zur Geltung zu verhelfen. Amerikanische Zustände, wo man 20 Jahre Haft für eine Frau forderte, die mit einem 17jährigen rummachte, der das womöglich als Trophäe empfand, widerten ihn an. Sie transportierten eine aufgesetzte Ethik, die Dinge kriminalisierte, die keinem schadeten. Dabei war sie selbst der Ausfluss einer pervertierten Sittlichkeit, die Fessel einer Fabula docet. Zu einem solchen Schauspiel durfte sein Gerichtssaal nicht verkommen. Das verteidigte er eisern: Werte der Freiheit sollten wirken, nicht Repression.

Abends trank Johannes Rotwein. Er musste das Erlebte verarbeiten. Heute saß Marcel auf der Anklagebank. Seine Mutter litt an schweren Krankheiten, und Marcel konnte ihr Leiden nicht ertragen. Also besorgte er im Drogenmilieu Cannabis und wurde erwischt. Solche Geschichten waren es, die ihn verzweifeln ließen an seinem Auftrag. Marcel hatte nichts von einem Täter an sich, weder charakterlich noch biografisch. Ihn trieb die Verzweiflung, er tat es aus Liebe. Seine feinen Gesichtszüge entglitten ihm, als die Staatsanwältin auf ihn eindrosch. Ein schüchterner junger Mann, dem das Schicksal ins Gesicht spuckte und der wirkte wie Dorian Gray, dessen Bildnis sich so von seinem Wunsch, jung und schön zu bleiben, entfernte. Der brave Student als Drogenkäufer, um die Leiden einer Todkranken zu lindern, kein Partyrausch, keine Verführung Unbeteiligter, keine Gewinn bringenden Geschäfte. Das war doch kein Verbrechen, dachte Johannes. Das Recht ist eben ein binäres System, wie Computersprache, schwarz oder weiß. Es kennt keine Grauzonen des Lebens. Soll man Marcel etwa hart verurteilen, damit andere Söhne kein Cannabis für ihre todkranken Mütter kauften? Warum gab es das Zeug nicht längst in der Apotheke? Warum musste so etwas überhaupt vor Gericht? Die Staatsanwältin wollte ein Jahr auf Bewährung. Damit wäre Marcel vorbestraft, und sie wäre einer Beförderung näher gekommen. Johannes fühlte sich wie in einem kafkaesken Drama. Die Perfidie lähmte seine Sinne und für einen Moment vertauschte er ihre Rollen in seinem Kopf. Wenn es schon um Motive ging, dann sollten alle auf den Tisch. Und wenn Skrupellosigkeit ein Zeichen für Täterschaft war, warum traf es dann auf die Anklägerin zu? Das alles verwirrte ihn, sodass er beschloss, Marcels Leben etwas genauer zu ergründen. Seine Kontakte deuteten darauf hin, dass er das Reich der Finsternis nicht nur aus Torheit oder Ausweglosigkeit kennen lernte. Das Studentenleben trocknete seine menschlichen Bedürfnisse aus, und seine Schlichtheit führte ihn in das Etablissement im roten Haus. Dort liebte er an Abenden, die seine Einsamkeit besonders intensiv befeuerten, Karla, die hin- und wieder ihr Gehalt aufbesserte, um ihre dreijährige Tochter durchzubringen. So trafen sich in Zimmer 22 zwei vom Leben Ausgestoßene, verlorene Seelen, mitten in der Rotlichtzone, um ihre bürgerlichen Notwendigkeiten verrichten zu können. Karla war ebenfalls Studentin. Ihre Eltern hatten sie verstoßen, als sie viel zu jung schwanger wurde. Seitdem war sie ganz alleine auf der Welt und überfordert mit ihrer großen Verantwortung. Es war eine seltsame Symbiose, die die beiden vereinte. Sie verband ihre Strapazen, die Größe des Lebens, und ein Geschäft. Unversehens fuhren ihre Gefühle Achterbahn. Dass sie Gestrandete der engherzigen, kleindenkenden Spießigkeit waren, die von einem besseren Leben träumten, machte aus ihnen Seelenverwandte. So kam es, dass Marcel nach und nach Geschöpfe dieses Lebenskreises kennen lernte. Das war das Verhängnis des jungen Philanthropen, der dachte, seine Botengänge seien Freundschaftsdienste. Seine Gefühle vernebelten ihm die klare Sicht dafür, wessen Werkzeug sie wurden. Er erlebte eine ehrliche Welt und tröstete sich damit, dass das Drogenmilieu aus Halbschatten und Verbrechern bestand, aber nicht aus Kumpeltypen und netten Menschen, die ihr Leben genossen. Wenn er mit ihnen Bier trank, verhallte der Schmerz und die Ungezwungenheit erwachte. Karla war sein mentales Alibi für die besonderen Studentenjobs, deren Erlös das Leiden der Mutter mit Blumen übertönte. Johannes fragte sich, ob das Böse auch dann böse ist, wenn sein Zweck das Gute ist? Das war doch eine surreale Verstrickung, die die Werte des Gesetzes gegen den Strich bürstete: Drogengeschäfte, die Kranken halfen. Er wusste nicht, ob er Mitleid oder Verachtung für Marcels Naivität empfinden sollte. Ob Menschen, die in Sackgassen ihrer Existenz gerieten, wirklich durch das Gesetz erzogen werden müssten. Er dachte an den Familienvater, der dem Käufer seines Autos diverse Mängel verschwieg, um seinen Kindern die Klavierstunden bezahlen zu können. Was sagt denn das Gesetz zu ethischen Dilemmata, zu den Rohbauten unserer Werte, die vom Alltag geflutet werden? In seinem Studium hatte er nichts erfahren, wie solche Verknüpfungen zu bewerten sind. Der rote Faden der Rechtsprechung waren Kausalitäten, kein Mutualismus gegensätzlichen Handelns. Dann war da noch diese vermeintliche Naivität. Aber es war keine Überwältigung eines impulsiven Rauschs, die Marcel antrieb. Er war nicht dumm, sondern berechnend aus Verzweiflung. Auch dafür fand er kein sinnhaftes sprachliches Surrogat in den juristischen Texten. Sein Gehirn malte existentialistische Bilder: Marcel hatte niemanden gebeten, in dieses Leben geboren zu werden. Sein Problem war die Existenz, nicht die Wesenheit seines Daseins. Die Staatsanwältin hielt ihm seine Rotlichtaufenthalte vor. Verkannt hatte sie seinen bedingungslosen Altruismus, sein Kümmern, das Zünglein, das die Waage kippte. Sie apostrophierte das Äußere des Falls, tauchte aber nicht ein in die Zerrissenheit der Welten, die in Marcel eine unerträgliche Spannung entzündeten. Ihre Beurteilung vermied die Kollision der Werte. Sie konstruierte den Schein eines eindeutigen Falls, und wenn man nur den Gesetzesübertritt sah, erschien sie nachvollziehbar und stimmig. Aber die Frage der Schuld ließ sich nicht verkürzen auf eine solche Reduktion.

Alfred war Ende 60. Das Leben hatte ihm übel mitgespielt, und so war er gezwungen, an der Volkshochschule Kurse zu halten, um sich ein Auskommen zu sichern. Doch seine Bibliothek hatte viele Leerstellen, und er wusste sich nicht anders zu helfen, als Bücher für seine Arbeit auf diversen Antiquariatsgängen mitgehen zu lassen. Morgens machte er sich eine Liste, was er benötigte, und wenn er ein brauchbares Buch entdeckte, stellte er in die Lücke ein ausgedientes. Er galt als ein Virtuose der Reichsgeschichte. Die Menschen, die in seine Seminare gingen, waren verzaubert von seinen Erzählungen über die schwierige Kindheit der Könige, über mutiges Aufbegehren und politische Ansichten. Sie bekamen einen Eindruck davon, welche revolutionäre Kraft die Thronnachfolger entfalteten und welchen Gefahren sie sich aussetzten. Eigentlich waren Alfreds Seminare Einweisungen in politisches Bewusstsein, ein Training in Standhaftigkeit. Dass man um belangreiche Werte kämpfen muss, weil sie wichtiger sind als Annehmlichkeiten. Er verwandelte diese Geschichten vom Mut und Aufbegehren in leuchtende Märchen. So wurden aus braven Bürgern Sozialanalytiker, nüchtern und mutig Sinnierende, die anfingen, gesellschaftliche Konventionen aus allen möglichen Perspektiven zu befragen. Alfred konnte die Erlebnisse seiner Figuren in ethische Vorbilder zerlegen. In ihren Köpfen obduzierten die Teilnehmer die Anliegen der Königskinder zu eigenen phantasiereichen Sehnsüchten. Es war für viele, deren Leben von Trostlosigkeit und Hoffnungsverlust gezeichnet war, der Anfang eines Traums, Alfred war ihr Lichtblick am Ende des Tunnels. Wenn sie nach Hause gingen, hatten die älteren Herrschaften zum ersten Mal die Chance einer zweiten Jugend. Für dieses Lebensgefühl eines Anfangs waren sie Alfred dankbar.

Jetzt stand er vor Gericht wegen Diebstahl. Johannes konnte diesen Fall nicht einordnen in sein Rechtsgerüst. Es ging nicht um Besitzanhäufung, darum, sich zu bereichern oder um das Artefakt eines Vorsprungs gegenüber Kollegen. Vor ihm saß ein faltiger Endsechziger, der Unrecht beging, um Menschen inspirieren zu können. Eitelkeit war keines seiner Motive, und der Gesetzesverstoß half seiner Klugheit, nicht umgekehrt. Sein Metier war die geistige Welt der Geschichte, nach deren Vorbild sich Menschen veränderten, und so ermöglichte sein Vergehen die Persönlichkeitsbildung der Adressaten. Wieder arrangierte ein Gesetzesverstoß Gutes, doch das durfte das Unrecht nicht relativieren. Trotzdem ertappte sich Johannes dabei, Alfred, den Ladendieb, zu einem Edelmütigen zu verklären, auch wenn der Diebstahl dem Broterwerb diente und somit nicht selbstlos war. Das war ja das Trugbild des Rechts, den Rechtsbruch immer eindeutig festzustellen, aber die Welten dahinter als fiktive Luftschlösser zu diffamieren. Was der Moment des Unrechts in einem Leben bedeutet, konnte das Gesetz nicht vorhersehen. Dessen Interpretation war Johannes´ Auftrag, und er wollte ihn angemessen erfüllen. Natürlich war die Delinquenz von Alfred auch zum Nachteil der Kaufleute. Für die war es eine Ware, aber für Alfred war es die Magie vergangener

Welten, mit der er Menschen glücklicher machte. Wieder war den Gesetzen das Geschäft wichtiger als die Werte des Menschseins. Was unterschied es da von Hehlern und Betrügern? Andererseits war der Schutz des Eigentums eine Monstranz freier Gesellschaften, die den Menschen ein würdevolles Leben ermöglichte. So war er hin- und hergerissen zwischen unterschiedlichen Einflüssen auf seine Besinnung. Er sinnierte, dass das Recht doch Werte verteidigte, aber wenn diese die Straffälligkeit voraussetzten oder deren Duktus in sich trugen, sind sie dann noch verteidigungswürdig? Er fragte sich, welchem Wert sein Urteilsspruch verpflichtet sein sollte, wenn er mehr als Rachsucht transportieren will? Doch dann setzte die Nüchternheit in ihm ein und er erkannte in Alfred einen Mann, dem bewusst war, dass Diebstahl die

Plattform dieser Existenz ausmachte. Zählte das weniger als die Wirkungen seiner Arbeit oder die Tatsache, dass diese Bücher gebraucht nur 5,50 Euro kosteten? Andererseits: Dass der Händler ein seelenloses Geschäft machte, aber Alfred die Geschichten in Charakterbildungen überführte, konnte ja nicht einfach ignoriert werden.

So ging das die ganze Zeit in seinem Kopf hin und her, als wenn Gott und Teufel miteinander kämpften, aber ständig ihre Gesichter vertauschten. Was Recht und was Unrecht war und wovon das abhing, wurde zur Schlüsselfrage seiner Grübeleien. Welches Prinzip spiegelte das Ethos seiner Arbeit: Die soziale Grundlage oder der humanistische Zweck des Handelns? Rechtsprechung, darunter litt er von Anfang an, war nicht klar, sondern sie erweckte nur den nebulösen Schein der Deutlichkeit. Sie war oft ein intensives Theaterstück, gebaut auf Sand, aber verkauft wurde sie als ein Manifest unverrückbarer sozialer Abkommen. Und seine Rolle bestand darin, Öl in dieses Getriebe zu gießen. So, als ob höhere Mächte ihn dazu zwangen. Johannes wollte aber kein Ausführender sein. Wenn das die Implikation seiner Arbeit sein sollte, wenn er vielen Menschen die Erfahrung verwehrte, von Alfreds Zauber zu profitieren, dann war die einzige Schlussfolgerung, dass er in einem System funktionierte. Aber da er das Fortkommen der Kollegen ja nur beobachtete, während er selbst auf der Stelle trat, konnte das nur bedeuten, dass es ihm um Recht und nicht um das Verfahren der Rechtsprechung ging. Dieser Gedanke tröstete ihn. Er verurteilte Alfred dazu, die Bücher nach seinen Kursen zurückzugeben. Wieder einmal warf man ihm Nachlässigkeit gegenüber dem Sinn unseres Rechtssystems vor, doch seine Entscheidung für die Menschlichkeit erzeugte in ihm ein gutes Gefühl. Nach der Verhandlung ging er Kaffee trinken und stellte sich diesen Krieg der Werte als eine Hannah Arendt Verfilmung vor. Was ist es denn, das Böse? Arendt hatte es mit dem Funktionieren verbunden. Diesem Etikett konnte er gerade noch einmal entrinnen.

Johannes trank noch ein Glas Rotwein. Die Ausweglosigkeit seiner Fälle setzte ihm zu, sie verdrehte die Werte und doch waren die Angeklagten nicht nur Opfer ihrer Lebensumstände. Das Verfahren war eine Bühne, auf der die Sackgassen und Teufelskreise ihrer Wirklichkeit auftraten. Aber die Sprache des Lebens war eben nicht die Sprache des Rechts. Dort galt „accessio credit principali" – die Nebensache folgt der

Hauptsache - und die stand in der Anklageschrift. Doch waren, so fragte er sich, Krankheiten, Armut oder Bildungserlebnisse eine Nebensache? Er sollte diese Dinge im Rahmen des Gesetzesübertritts würdigen, aber nicht über ihn stellen. Doch Johannes empfand Bewunderung für die Könnerschaft und das Lehrgeschick von Alfred, und auch Marcels Verzweiflung bohrte sich in sein Gewissen. Wenn er diese Zwangslagen der Delinquenten ignorierte, fühlte er sich schuldbeladen und inhuman. Aber dazu war das Recht ja da, dass Regeln des Zusammenlebens auch in Notlagen gelten. Dieses Auf und Ab sprengte seinen Kopf. Die Oszillation der Werte entfachte ein intensives Schwindelgefühl. War dies eine Entscheidung zwischen Pflicht und Anstand? Oder zwischen Recht und sozialem Frieden? Zwischen Bestrafung und Erziehung? Fast kam er sich vor wie Dr. Stenglein, der 1923 als Staatsanwalt einst Hitlers angeblich glorreichen Verdienste würdigte. Diesen Verrat an seinem Schwur wollte er nicht begehen. Seine Überlegungen kreisten noch ein paar Stunden über die Identität seiner Rolle, dann platzte ihm der Schädel und eine tiefe Erschöpfung setzte ein.

Am nächsten Tag nahmen die absonderlichen und merkwürdigen Fälle nicht ab. Auf der Anklagebank saß Fabian. Er unterhielt ein Kiosk am Rande des Stadtbezirks. Seit Wochen jagte ihn der Bankrott. Das belastete ihn sehr, denn die Existenz seiner fünf Kinder hing an seinem Geschick. Fabian konnte seit Monaten nicht mehr schlafen, die Größe seiner Verantwortung wuchs ihm über den Kopf. Er stand um 4 Uhr morgens auf, um die Alkoholsüchtigen und verlorenen Seelen des Trabantenviertels mit Nachschub zu versorgen. Um 23 Uhr stand er noch immer hinter dem Ladentresen. Alle kamen zu ihm, die Junkies, die jugendlichen Ausreißer, die Kiezgrößen. Polizisten tranken auf ihrer Streife bei ihm Kaffee. Die Siedlung am Rande der Welt beherbergte die trostlosesten Leben, und sein Kiosk war eher eine Sozialstation als ein Geschäft. Er hörte zu, er spendete Trost und er hatte ein großes Herz für alle Gestrandeten. Mitten in diesem Kleinod, hinten rechts, war ein leerer Raum, den sich Fabian vergolden ließ. Er stellte ihn Kleinhändlern zur Verfügung. Er ermöglichte Gestalten, die sonst nirgendwo hin konnten, Schäferstündchen ohne Störung. Und er ließ Jugendliche, die zuhause Stress hatten, für zehn Euro darin schlafen. Fabian gab Menschen Gelegenheit, etwas zu tun, dessen Missstand ihm unbekannt war. Und so kamen Beihilfe zur Hehlerei und Förderung der Prostitution zusammen, und Fabian, der seine Familie über die Runden bringen musste, war am Boden zerstört. Mit seiner Sorglosigkeit wurde er zum Baustein von Rechtsbrüchen, sodass sein Kiosk keine caritative Anlaufstelle mehr darstellte. Die Narrative der Anklage verhexten ihn zum Schlüsselpunkt von Verbrechen. Jetzt sah er sich mit dem Vorwurf eines Rufs konfrontiert, der ihn beschämte. Denn eigentlich verstand sich Fabian als Streetworker und war stolz auf seine Barmherzigkeit. In den Augen der Staatsanwältin war er ein Verbrecherhelfer, schamlos, abgebrüht und perfide. Doch die Gretchenfrage war ja, ob er verpflichtet gewesen ist, Kenntnis über die Zwecke seiner Hilfe zu erlangen? Diese Schlichtheit des Alltags, die ihn in solche Geschichten verstrickte, war von unübertroffener Banalität. Es wirkte wie eine absurde Konstruktion, Fabian die Absicht anzudichten, das Recht brechen zu wollen. Und dennoch waren seine Ermöglichungen der Sockel für Konflikte mit dem Gesetz. In der einfachen Welt dieser Gegend passierten unentwegt Dinge, die die Menschen nahe an den Abgrund brachten, und wenn das Schicksal ihnen den Trott erschwerte, warum sollte es dann Halt machen vor seinem Juwel? Die Tristesse der Betonbauten und die Hoffnungslosigkeit, die in der Luft lag, rückten den Kampf ums Überleben in den Mittelpunkt des Daseins, nicht das konfliktscheue, untadelige Handeln. Fabian saß vier Jahre im Gefängnis wegen Raub. Er hatte sich mit dem Kiosk eine Existenz aufgebaut und unabhängig von Transferleistungen gemacht. Er liebte diese Atmosphäre der Zusammengehörigkeit, die dem Totalversagen des Staates trotzte. Es waren Empfindungen voller Menschlichkeit und Freundschaft, eine eigene Welt. Viele Gestalten empfanden dort Glück und fühlten sich nicht mehr vergessen von der gesellschaftlichen Realität. Doch immer häufiger konnten sie nicht bezahlen, und Fabian musste die Bestände seines Kiosks für den Hunger seiner Kinder antasten. Das brach ihm das Herz, und manchmal weinte er nachts leise in sich hinein.

Johannes kam sich vor, als erlebte er eine Schulung in ethischer Skepsis. Es wäre zu kurz gegriffen, Fabian als einen gewöhnlichen Täter zu stigmatisieren. Das scheiterte an dessen charakterfesten und redlichen Rolle im Milieu. Er war weder an Bereicherung interessiert noch konnte er mit den paar Kröten seiner Geschäfte ein Leben im Luxus führen. Und außerdem war er als Vermieter doch nicht verantwortlich für die Machenschaften seiner Mieter. Schließlich veranlasste er weder Hehlerei noch Prostitution. Dass er diese – unbewusst? - ermöglichte, genügte sicher nicht für zweifelsfreie Schuld. Worin genau lag die Schwere seiner Vergehen? Das ehrbare Ziel, die Familie durchzubringen, war grundsätzlich verschieden von kriminellen Machenschaften. Johannes tauchte mental ein in die Welt seiner Angeklagten, um spüren zu können, wie viel kriminelle Energie sie trieb. Doch außer Verständnis für das Agieren im Zwiespalt spürte er nichts. Diese Angeklagten verhöhnten weder den Rechtsstaat noch waren sie eine manifeste Gefahr für das öffentliche Leben. Das alles war so surreal, ein Theaterstück des strafenden Staates, der zuvor in Fragen der Menschenwürde versagte. Einem solchen Drehbuch der Gnadenlosigkeit sollte die Öffentlichkeit aufsitzen. Aber es hatte weder mit Rechtschaffenheit noch mit Gerechtigkeit zu tun, sondern mit der Macht, über „falsches" Leben zu urteilen. Die Monstranz des Bürgerlichen, das hier richtete, so Johannes Gedanke, degradierte ihn zu einer Marionette. Doch wer der Puppenspieler war, die Gesetze, die Machthabenden oder die sozialen Schichten, das blieb im Verborgenen und machte ihn wahnsinnig. Es beschädigte seine Souveränität. Er war ja nicht Richter geworden, um die Interessen exponierter Gesellschaftskreise durchzusetzen, sondern, um die Frage der Schuld abzuwägen. Doch genau das wurde zunehmend verworrener.

Das Amtsgericht lag in einer freudlosen Gegend. Schmucklose Häuser umrahmten das öde Straßenbild. Fast wirkten die bejammernswerten Szenen, als habe das Verbrechen ein Zuhause.

Johannes wurde hier her versetzt, nachdem er anfing unbequeme Fragen zu stellen. Der Justizapparat erwartete Effizienz, keine Reflexion. Zunehmend entkernte er das Procedere von allen philosophischen Rechtsstreitpunkten, der Definition von Schuld, der Rolle des Richters, der Funktion eines Richterspruchs. Es ging nur noch um politische Ansprüche, die Gewaltenteilung interessierte niemanden mehr. Seine Versetzung war eine Ruhigstellung, aber sie adelte sein berufliches Verantwortungsbewusstsein. Eigentlich war Johannes im Reinen mit der Moral seiner Rolle, doch die immer wiederkehrenden ethischen Herausforderungen empfand er als schwere
Prüfungen seines Ethos. Sie nagten an der Eindeutigkeit seines Rollenverständnisses als Richter. Dass sie ihn immer weiter weg von einer

Karriere im Apparat katapultierten, war schon nebensächlich geworden. An diesem Ort schien nur selten die Sonne. Es waren die Räume der Vergessenen, und das galt für beide Seiten im Gerichtssaal gleichermaßen: Über das Leben der Beteiligten legte sich ein grauer, monotoner Schleier, der sie fast zu Verbündeten machte. Doch das verhinderten die Rollen der bürgerlichen Welt. Das Einerlei korrumpierte nicht Johannes Charakter. Aber es brachte ihn dazu, nach Abwechslung zu dürsten. Und so wurden die Ausflüge von Johannes, dem Richter, in die bizarren Welten der illegalen Boxwettkämpfe immer umfangreicher. Vor ihm präsentierte sich ein ehrlicher Schauplatz: Taktik, Geschick, Training, Stärke. Keine verborgenen Absichten oder Verstrickungen entlarvten die Arena als Lüge, die Frage nach Sein und Schein stellte sich nicht an diesem Ort. Diese Direktheit besserte seine Verwirrung von den Tageserlebnissen, und er empfand einen besonderen Nervenkitzel, sich an Wetten zu beteiligen. Das Mitfiebern, der Kampf, das alles ließ ihn die vielen Angeklagten, die keine Täter waren, für einen Moment vergessen. Es gab ihm das Gefühl zu leben. Alkohol verstärkte diese Flucht, und die Scheine saßen immer lockerer. Bis ihn eine Razzia als Teilnehmer an illegalen Wettkämpfen entlarvte und sein Ruf in Justizkreisen ins Bodenlose sank. Johannes wurde in Verbindung mit Gestalten des Rotlichtmilieus gebracht und der Vorwurf der Erpressbarkeit gemacht. Aber das waren ganz und gar nur Ausflüsse gesellschaftlicher Vorurteile, die dazu dienten, die eigenen Lügengebäude von der Gerechtigkeit der Welt zu übertünchen. Dass die Gesetze etwas kriminalisierten, das tausenden von Menschen Momente der Abwechslung bescherte und frei von Zwang war, konnte er nicht verstehen. Wenn es Betrug sein sollte und die Kämpfe fingiert wären, könnte man doch einfach gehen. Dauernd, so dachte er, wollte man erwachsenen Menschen Tugenden absprechen und sie erziehen. Damit müsste Schluss sein im Gerichtssaal, denn in einem Rechtsstaat sollte man das Recht nicht dazu benutzen, moralische Überlegenheit zu demonstrieren. Johannes Überschwang entführte seine Melancholie ins Licht seines schwermütigen Lebens. Ein Faktor der Unbeschwertheit entstand. Wer wollte diese Funktion in seinem Alltag denn wieder durch Schubladenjustiz ersetzen?

Hinten in einer schummrigen Ecke warteten die Boxer auf ihren Auftritt. Johannes musste mehrmals hinsehen, ehe er Fabian erkannte, den Kiosk-Betreiber. Fabian hatte kurze Hosen an und ein Supermann T-Shirt. Er wirkte sehr motiviert, fast, als stünde er vor dem Kampf seines Lebens, und in gewisser Weise war das auch so. Wenn er gewann, gehörten ihm ein Viertel der Einnahmen, und seine Sorgen fänden ein Ende. Wenn er verlor, sah er sich dem Spott ausgesetzt, würde aber häufiger engagiert für manipulierte Kämpfe. Das bedeutete noch mehr Geld. So machte er sich aus Liebe zu seinen Kindern zum Gespött der Leute. Johannes überlegte, ob seine Wettbeteiligung als Hilfe für die Kinder oder als Unterstützung illegaler Machenschaften zu sehen sei, und dann setzte er das Doppelte ein. Danach lud er Fabian auf ein Bier in die Eckkneipe ein und wollte mehr über sein Leben erfahren. Der erzählte ihm, dass die Firma, bei der er als Elektriker gearbeitet hatte, vor vielen Jahren Pleite ging. Das war der Beginn einer nicht enden wollenden Pechsträhne: Die Krankheit seiner Frau, ihr Tod, die Kosten. Er fühlte sich wie auf dem Müllhaufen des Lebens. Sein Herz wurde krank von den vielen Schicksalsschlägen, doch die Kinder vertrauten auf seine starke Hand. Der Überlebenskampf manifestierte sich im Boxring, und er tröstete sich mit dem Lachen seines Jüngsten. Vor Johannes saß ein Typ, dessen Biografie vom Durchhalten gespickt schien, vom Aufstehen und Weitermachen. Doch immer wieder trat er einfach in den nächsten Misthaufen, blieb aber tapfer, verfiel keiner Sucht. Er nahm seine Pflicht an. Fast schien es Johannes, als habe Aschenputtel kennen gelernt, doch sein Urteilsvermögen war gelähmt angesichts der Verflechtungen, in die das Leben Fabian stürzte. Im selben Moment stellte er sich die Frage, warum Fabian sich nicht einfach neue Arbeit suchte, seine Energie kanalisierte, um so seinen Pflichten nachzukommen? Die ganzen Opfergeschichten wollten nicht so recht zu seiner Aufrichtigkeit, zu seinem zähen Durchhaltewillen und seiner rastlosen Getriebigkeit passen. Es musste noch eine andere Seite dahinter stecken, und er begab sich auf die Spur der Wahrheit. Dass Fabians Traum vom Geld seine Skrupellosigkeit beim Raub maximierte, war so eine Brise Salz in dieser Suppe. Dass auch Gier und Kurzsicht unter den sympathischen Gesichtsfalten hervor schauten, war ein Wink seiner Verantwortungslosigkeit. Fabian fuhr mit rasender Geschwindigkeit seinem Schicksal entgegen und jammerte, dass der Aufprall ihn gesundheitlich beschädigte. Und er als Richter war diesem Drehbuch aufgesessen. Was ist er denn, unser Charakter? Ein feststehendes Merkmal unserer Identität? Eine Komposition unserer Begegnungen? Eine immerwährende Täuschung unserer Sinne? Die Frage der Schuld war unterschiedlich bewertbar. Fabian war ein charmanter Geselle, liebenswürdig und herzgewinnend. Johannes konnte es nicht akzeptieren, dass er sich dermaßen täuschte und einen Gauner vor sich haben sollte anstatt einen wohlmeinenden Familienvater, dem das Leben das Leben verdorben hatte.

Wer Fabian wirklich war, erschloss sich ihm auch nicht nach drei Stunden an diesem Abend. Lange saß Johannes auf einer Bank im Dunkeln und dachte über die Widrigkeiten unseres Lebenslaufs nach. Ob man kriminell wurde oder nicht, war anscheinend häufig Zufall, oder Folge von Hilflosigkeit. Doch Fabian hatte die Wahl, als

Handwerker Geld zu verdienen. Offensichtlich war die Entscheidung keine zwischen legalem und illegalem Handeln, sondern eine zwischen langwieriger und sofortiger Problemlösung. Diese Perspektive milderte die Schärfe einer juristischen Einordnung, aber sie entschuldigte nichts. Johannes Ausflüge in diese Welten brachten häufig Erkenntnisse, die das offizielle Gut-Böse Schema düpierten. Nichts war so einfach, wie es in den Anklagen der Staatsanwälte klang. Er vertiefte sich immer mehr ins Nachdenken über seine Aufgabe. Was sollte die Strafe diesen Angeklagten sagen? Dass sie lieber vor dem Leben kapitulieren sollen als gegen Gesetze zu verstoßen? Ihm kam Alfred in den Sinn, dessen Lebenselixier nur durch das „Ausleihen" der Bücher erwachte. Sollte Alfred etwa zu Hause ein aussichtsloses Dasein fristen, isoliert von Menschen, zu deren Hoffnung er beitrug? Was wollte man ihm mit einer Strafe sagen? Er war alt genug, um zu wissen, dass Stehlen unzulässig ist. Er schämte sich sogar dafür. Was ist das denn für eine Gesellschaft, in der einem weder Intelligenz noch Expertentum zu einem Auskommen verhalfen? War sein Fehlgriff vielleicht eine Antwort auf dieses System, das ihn da hin getrieben hatte? Alfred war geistreich und wortgewandt. Seine Thronfolger-Geschichten ließen ihn wie einen Märchenonkel wirken. Aber er war viel mehr als das. Er befragte Gebiete, die alle betrafen: Erziehung, den Wert von Freiheit, den Mut sie einzufordern, Ideale hinter der Macht. Alfred brachte die Menschen dazu, über Werte zu streiten. Er war ein Souffleur demokratischen Diskurses. Angesichts solcher Dimensionen verblassten fünf Euro fünfzig zu null. Aber Diebstahl war zu ahnden, und eigentlich verschärfte der Vorsatz die Schuld. Johannes Bredouille wurde zur Qual, und er rauchte eine Zigarette nach der anderen, um es aushalten zu können. Dass er sich an illegalen Boxwetten beteiligte, brachte ihn in den Besitz von Informationen, die alle schon vor dem Prozess hätten kennen sollen. Wie oberflächlich und vorurteilsbeladen das Recht doch gehandhabt wurde. Wie unprofessionell das alles war. Doch er konnte die Regeln dieses Spiels nicht ändern. Er konnte nur seine Rolle gestalten. Und das durfte er nicht durch seine Präsenz an solchen Orten gefährden, obwohl ihm die Begegnungen dort wertvolle Hinweise arrangierten. Etikette oder Wahrheit? Das Spiel war hirnrissig. Es unterschied sich in nichts von Fabians Wahl. Wahrheitsdurst von diesen Karrieristen zu erwarten war wie von Wasser zu verlangen stromaufwärts zu fließen. Er blies den Rauch in die Nachtluft und verweilte noch eine ganze Zeit auf der Straßenbank. Dann ging er nach Hause und trank Rotwein. Dass Gerichte Orte der Wahrheit waren, gehörte ins Reich der Satire. Viel mehr umtrieb ihn die Frage, warum diese Angeklagten einfach nicht ihre Muster brechen konnten, ob das in- oder außerhalb ihres Willens lag. Das war das eigentliche Rätsel, an dem sich eine Kategorie wie Schuld zu messen hatte. Es war also unmöglich, die fatale Frage der Schuld zu klären. Ein Schuldspruch artikulierte nicht Gewissheit, sondern Eindruck. Da lag er ganz richtig mit seinem Gehör. Nicht er, sondern die Kollegen erlagen der Illusion, Prinzipien von Gerichtsbarkeit treu zu bleiben. Die nackte Wirklichkeit zeigte den Prinzipien ihre Grenzen.

Johannes lebte in einer Luxus 2-Zimmer-Wohnung in einem sehr großen Haus. Mieter grüßten sich, aber sie kannten einander nur oberflächlich. Hier konnte das Verbrechen lauern und keiner würde es merken. An den Betonflächen spiegelte sich das Gepränge der Oberschicht und blies den Weltschmerz davon. Man wollte ungestört sein in der behaglichen Anonymität, Blumen brachten etwas Farbe in die Melancholie des Reichtums. Die Wohnung von Johannes war voll von elektronischen Annehmlichkeiten, Siri, Alexa, digitale Küchengeräte, all das. Eigentlich zeigte sich hier eine Burg, man könnte rauschende Partys feiern oder Prostituierte bestellen, es würde niemanden interessieren. Erstaunlich, dachte er manchmal, dass es solche Inseln vom Alltag gab, wo die Gesetze schwiegen. In Flur Nummer acht wohnte Jakob, ein Student. Er fuhr einen tollen Wagen und trug elegante Klamotten. Er hatte eine geheimnisvolle Ausstrahlung und doch umgab ihn die Leichtigkeit der Jugend. Jakob hatte keine reichen Eltern, wie man vermuten könnte, sondern er stillte die Sehnsüchte einsamer Unternehmerfrauen. Als Callboy kam er der Oberschicht ganz nah, er roch die Abgründe der Reichen und füllte ihre Leere mit Genuss. Sein muskulöser Körper, das verschmitzte Lächeln und der blonde Scheitel brachte die Damen um den Verstand, und sie zahlten 1000 Euro die Stunde für eine Illusion von Ekstase und Glück. Manchmal begleitete er sie ins Restaurant oder ins Theater und hörte ihnen zu. Der eigentliche Schwindel bestand darin, dass Jakobs Herz der Männerwelt gehörte und Johannes ihn aus der Schwulenszene kannte. Als eine Unternehmerin das erfuhr, zeigte sie ihn an und wollte ihr Geld zurück. Schließlich habe sie für eine Täuschung bezahlt und empfand dies als Verhöhnung ihrer Absichten. Anna sah gut aus und war nicht einmal alt, aber Stress und Verantwortung nahmen ihr die Lust am Leben, und so hatten ihre diskreten Treffen einen herausragenden Stellenwert in ihrem monotonen Dasein gewonnen. Sie ließ sich ihre Exkursion ins Abenteuer etwas kosten, aber der unverbindliche Nervenkitzel, das Sichhingeben und Treibenlassen war ihr jede Summe wert. Sie genoss das unbeschreibliche Gefühl begehrt zu werden, ohne die Regie zu führen. Es war wie eine Entführung, bei der sich Täter und Opfer verliebten. Anna kostete es aus, als würde sie blind eine Vollgasfahrt erleben. Für einen Moment entglitt ihr die Rolle der Chefin, und sie ließ es geschehen. Sie öffnete ihre Intimität und malte noch danach Bilder von Jakobs außergewöhnlichem Körper. Ob das Rollenspiel ihre Würde beeinflusste, war ihr egal. Die Anonymität schützte ihre abwegigsten Fantasien, die Jakob alle Wirklichkeit werden ließ. Anna war eine verlorene Seele, der die Spannung zwischen ihrem bürgerlichem Leben und dem schmutzigen Verlangen allmählich zusetzte und deren Psyche die Ausflüge in Visionen immer schwieriger verarbeitete. Sie begann sich danach obsessiv zu duschen und zelebrierte Rituale der Reinigung. Am nächsten Morgen wollte ihr Gewissen nichts mehr wissen von den Anfällen ihrer Lust. Sie trank Kaffee in ihrem weißen Bademantel und begrub diese Szenen, als wären sie Zumutungen ihres geordneten Alltags. Keineswegs durften diese Erlebnisse Entehrungen ihres beruflichen Erfolgs werden. Zu diesem trugen Geschäftsessen mit seriösen Partnern bei und Businesskontakte in alle Welt. Der Nebel ihres Verlangens hatte dort nichts zu suchen, und so wurde sie zu einer Person mit zwei Persönlichkeiten; die eine wollte von der anderen nichts wissen. Das war Jakob durchaus bewusst, sodass er seinen Preis für den Skandal verdoppelte. Anna war eine Sklavin ihrer Sucht nach dem blonden Jungmann geworden, beschämt und beseelt, ihre Fesseln waren wechselweise aus Gold oder Rost, und Jakob sammelte nur auf, was ihr leichtfertig aus dem Portemonnaie gefallen war. So entstand eine Symbiose, die kein Außenstehender verstehen konnte. Wer von wem abhängig war und wer wen benutzte, waren Fragen, die an der verbrauchten Luft zerschellten.

Jakob führte als Student ein Luxusleben. Er profitierte vom Wahn der Psychopathen, die in allen Milieus der Welt an ihren Geheimnissen verzweifelten. Er war ein Vampir ihres Leids. Er war aber auch der Erfüller ihrer dunklen Träume. Und so wurde seine Rolle ein ambivalentes Artefakt. Aber war es auch justitiabel? Diese Frage stellte sich Johannes, als Jakob im Gerichtssaal hämisch grinste. Sein Faustpfand war deren Entblößung, aber die intensiven Zweifel betrafen die Überschreitung roter Linien, vom Moralischen einmal abgesehen. Denn auch das rechtsphilosophische Problem, ob Anna betrogen wurde, war eine Schulung in Tugendlehre. Sie spielte das Spiel bereitwillig mit, sie verengte ihren Blick auf ihr eigenes Plaisir und sie behandelte Jakob wie ein Objekt. Andererseits: Der Student verschwieg ihr, dass er auf Männer steht und sein Mitspiel eine Vortäuschung war. Er hat ihr gefühltes Risiko für eine Maximierung seines Gewinns genutzt. Sie war nichts anderes als eine Kuh, die gemolken wurde, und dafür verkaufte er ihr jedes Mal eine Halluzination von Glück, spiegelte ihr ein Trugbild emotionaler Verheißung vor. Doch war das nicht das Geschäft – Geld gegen Sex – und wussten nicht beide, dass sie ein Theaterstück der Illusionen spielten? Muss man erwachsene Menschen vor ihrer eigenen Gier oder Naivität schützen? Muss man das, was beide wollten, in einem Gesetz als schiefe Bahn beschreiben? Muss die Justiz die Fata Morgana, der Anna aufgesessen ist, zum Zwecke ihrer ersehnten Spiegelgesichter glätten? Das Gerichtsverfahren war doch keine Therapiestunde, und die Krankhaftigkeit von Bedürfnissen war Privatsache. Johannes wurde ärgerlich, doch dann irritierte ihn das triumphierende Gebaren von Jakob. Der genoss es, dass die gespielte Demütigung von Anna wirklich wurde und die Übervorteilung ihrer Not legal erschien. Das konnte Johannes nicht akzeptieren und verurteilte ihn zur Rückgabe des Geldes. Ihm war klar, dass die nächste Instanz dieses Urteil kassieren würde, weil die Bezahlung für eine Illusion Konsens war. Ob das Wunschdenken oder die Selbsttäuschung darin bestand, ob er sie begehrt bzw. liebt, oder ob er in Wirklichkeit homosexuell war, spielte juristisch keine Rolle. Sie zahlte ja für eine Dienstleistung, die Illusion, und nicht für eine Beziehung. Andererseits wäre auch diese Phantasie gar nicht möglich gewesen, wenn sie von seiner sexuellen Orientierung wusste, und er nahm trotzdem Geld. Das war eine Irreführung. Johannes lehnte sich zurück und staunte darüber, in welche Bizarrerien sich gestandene Managerinnen verstrickten. Jakob war natürlich ein Abzocker, der sich mit dem Geld anderer das Leben versüßte. Er war ein Nutznießer des biografischen Enigmas der Damen. Das war verachtenswürdig, aber war es auch Betrug, wenn die Damen freiwillig mitspielten und zahlten? Diese Summen machten ihnen nichts aus, und ihm ermöglichte es ein angenehmes Studium. Nun wäre es sicher falsch zu glauben, dass die juristische Beurteilung nie die Gefühle berücksichtigte, aber allem voran stand die Frage, ob der eine dem anderen eine andere Sache bot als die, für die bezahlt wurde, und das war nicht der Fall. Der skrupellose Student hatte ein cleveres Geschäftsmodell, und wer wollte denn da mit Unsittlichkeit kommen?

Johannes versenkte sein ungutes Gefühl in einem Glas noch trockeneren Rotweins. Dann beobachtete er, wie Jakob in seinem Sportwagen davon fuhr. Hatte Jakob sich diesen Wagen erarbeitet? Wieder so eine Frage, bei der die Paragraphen, aber auch die Moral still stehen und schweigen. Jakob musste die laufenden Kosten decken, aber was er sich unter diesem Druck traute, war trotz der Möglichkeit ein Motiv zu sein, Spekulation oder Unterstellung, Dieser Fall beschäftigte ihn noch eine Weile. Wer sich in Gefahr begibt, kommt darin um. Und wer mit den Gefühlen von anderen spielt, ist ein Schurke. Irgendwo dazwischen lag die Wahrheit. Er würde sie nie erfahren. Denn Anna wollte noch vor Gericht ihren bürgerlichen Leumund bewahren bzw. justieren. Wer von beiden die größere Lüge lebte, blieb für alle Zeiten im Nebulösen.

Er machte sich einen Kaffee und sah aus dem Fenster auf das Lichtermeer der Stadt. Von oben sah es aus wie eine Glitzerwelt. Aber innendrin wüteten die Psychosen ihrer Bewohner, die in der Dunkelheit wirkten. Normale Menschen verwandelten sich in Huren, skrupellose Nutznießer der Schwächen anderer, Diebe und Drogenkäufer. Sie trotzten den Überfällen ihres Lebens mit gesetzeswidrigem Verhalten. Sie wurden Strategen ihrer Missstände und folgten oft ihrem erstbesten Einfall, weil ihre Ratlosigkeit und Schwermut Hilfe schrien. Sie waren Getriebene des Schicksals. Berechnender Rationalität begegnete Johannes kaum. Das war eben die Traurigkeit des Amtsgerichts, dass es in der Verzagtheit des Alltags herum wühlen und die Mutlosigkeit all der resignierten Geschöpfe als Verbrechen behandeln musste. Eigentlich war es doch eher ein Abbild der Gosse, die juristische Formgebung des normalen Lebens. Lange stand Johannes am Fenster und dachte über das Gesicht der Justiz nach. Was bedeutete ihr Blick: Buße? Erziehung? Die Durchsetzung von Ordnung? Oder vielleicht der Wegweiser in ein Leben ohne Delinquenz? Sie, die Justiz, kannte die Gesetze, aber selten das Leben, das ihre Protagonisten quälte. Eigentlich brauchte er einen Film, der dieses Leben zeigt, um urteilen zu können. Doch genau das verhinderten Methodik und Systematik des Prozesses. Sie zielten auf Beweise von Schuld oder Unschuld, ein technokratisches Unterfangen, das nicht wirklich verstehen will. Häufig ging es, um das entscheiden zu können, nämlich um ein Eintauchen in das Milieu der Figuren. Dabei verschwammen immer öfter die Grenzen zwischen Täter und Opfer. Wer nach den Regeln der Beweisführung Opfer war, musste das im wirklichen Leben, den Umständen, unter denen die Tat passierte, gar nicht sein. So wurde er langsam zum Kyniker und haderte mit der Show, Recht als Gerechtigkeit zu verkaufen. Vom Apparat her gesehen, war Johannes ein grottenschlechter Richter. Von der rechtsphilosophischen Tiefe seiner inneren Auseinandersetzungen her war er eine Kapazität. Johannes war ein Philosoph. Das schärfte seinen Blick für die wahren Bedeutungen der Handlungen. Die eigentliche Frage war: Wie viel Hermeneutik vertrug oder brauchte die Professionalität eines Richters?

Wenn Johannes abends unterwegs war, tauchten Momente dieser Geschichten plötzlich in seinem eigenen Leben auf. Die Schwulenszene bot ihm Zerstreuung, aber um ihn herum torkelten absurde Charaktere, Drag Queens, Stricher, alkoholisierte Managertypen, die aus ihrem Leben flohen. Die Bars mit ihrer kitschigen Musik waren eine Zeitreise, und obwohl überall illegale Machenschaften lauerten, fühlte man sich beseelt und unbeschwert. Das Eintauchen in diese Welt war unkompliziert und moralbefreit. Er lernte Matthias kennen, einen Steinmetz. Der saß jeden Abend am Tresen in Willys Bar und trank ein Bier nach dem anderen, als wollte er seinen Kummer ertränken, und als wartete er auf ein anderes Leben. Er trug Designerklamotten, um einen Gegensatz zu seinem staubigen Alltag zu schaffen und davon träumen zu können, dass sich sein Ich dem würdevollen Auftritt angleicht. Etwas Geheimnisvolles umwehte seinen blassen Teint, er wirkte wie ein Zwitter zwischen Handwerker und Künstler. Er war bodenständig, aber er reflektierte auch die Manifestationen seiner Kunst, und so kamen sie ins Gespräch. Matthias erzählte Johannes von Fassaden und Statuen der Chefarztvillen, deren Restauration zu dem majestätischen Anblick der alten Gebäude beitrug. Der Sinn für Ästhetik war ihm in seinen neugierigen Blick gemeißelt, und aus seiner Begeisterung dafür, etwas Schönes zu schaffen, sprachen Leidenschaft und Passion. Er war ein Doktor für die Harmonie alter Gebäudefassaden, ein Intendant, der angejahrte Meisterstücke zum Singen brachte. So erschuf er einen Ruhepol im stressigen Trott seiner reichen Kunden, einen Garten für Schönheitssinn.

Das Flair dieser Paradiese spiegelte sich aber nicht in seinen Honoraren. Er musste bereits gute Kräfte entlassen, und immer hingen Familien an seinem ästhetischen Geschick. Ratlosigkeit und Mühsal markierten seine Situation als Firmenlenker. Um das Inferno abzuwenden, „verschönerte" Matthias die Rechnungen und listete immer mehr Material auf, als er tatsächlich benötigte. Dieser Betrug rettete Arbeitsplätze von Eltern und sicherte Existenzen, und ein paar Tausend mehr tat diesen Leuten nicht weh, die für ein Wochenende nach Saint Tropez flogen und Kindergeburtstage für Unsummen veranstalteten. Aber es quälte sein Gewissen, den Widrigkeiten der wirtschaftlichen Not unlautere Tricks entgegen zu setzen, und so entstand die Erzählung von Matthias, dem Robin Hood der Kölner Vorstädte.

Den traf er im Gerichtssaal wieder, und weil er den Mensch Matthias kannte, änderte das seinen Blick auf das Verbrechen. Matthias, der Poet der Skulpturen, unterhielt auch eine kreative Buchführung. Er lenkte das Kolorit seiner Arbeit um und entfaltete Sinn für ein Orchester ertragreicher Zahlen. Eigentlich enthielt das eine Portion krimineller Energie. Und weil er das Spiegelbild von Robin Hood bemühte, sprach er seine Taten auch noch sakrosankt. Diese Vergrößerung seiner Schuld stand seinem eigentlichen Naturell gegenüber. Er tat es, um seine Firma zu retten und anderen zu helfen, und sein Handwerkszauber war auch danach ein Fest der Sinne, das Werk eines Stilarchitekten. Er hat die Menge an Material, die er verbrauchte, auf der Rechnung vergrößert. Aber eigentlich konnte er als Selbständiger ohnehin legal am Werkstoff verdienen, und so kam es am Ende auf die gleiche Summe heraus. Anders hätte er sein Problem legal gelöst. Er war ein Schöpfer des Schönen, kein Talent der Zahlen. Und indem er die Kindergeburtstage mit Hüpfburgen ausstattete, zeigte er ein großes Herz. Die reiche Gesellschaft verzichtete auf Wiedergutmachung, und er kam noch einmal mit einem blauen Auge davon.

Johannes und Matthias zogen zusammen um die Häuser. Das ist Johannes noch nie passiert: Er verliebte sich in einen Angeklagten. Normalerweise war die rote Linie deutlich gezeichnet. Aber sie bestand aus einem falschen Relief von dem Lebensbereich angeklagter Erscheinungen. Bei Matthias bemerkte er weder den Hauch des Bösen noch Niedertracht. Nichts Asoziales umgab seine Attitüde. Er konnte charmant und zuvorkommend sein. Er war ein Künstler, nur sein Beruf hatte eine Handwerkerbezeichnung. Sein Humor und sein Lachen waren feinsinnig und kontrolliert, ein Ausdruck guter Manieren. Immer öfter tranken sie Wein in Willys Bar und unterhielten sich bis tief in die Nacht. Seine Sprache war niemals tölpelhaft. Er war viel gebildeter, als man es von einem ruppigen Facharbeiter, der jeden Tag von Staubwolken umgeben war, hätte vermuten können. Und er hatte einen anregenden Körpergeruch. So vergingen die Wochen und Matthias zog in Johannes' Wohnung. Der Richter und der Steinmetz waren ein elegantes Paar, fast wie Philosoph und Komponist. Als Denker und Ästhet waren sie zwei Schöngeister unterschiedlicher Metiers. Johannes unprofessionelle Sichtweise, dass die menschliche Seite von Angeklagten eine Irritation in dem Bild vom schlechten Menschen sei, war keine Selbsttäuschung. Weil es meistens um menschliche Schwächen ging, wurde Menschlichkeit mit dem Gesetzesbruch assoziiert, und genau darin lagen Anfälligkeit und Störung der Wahrheitssuche. Matthias versprühte Wärme und Fürsorglichkeit, die Sache mit den Rechnungen war eine Ausnahmesituation, die auf nichts verwies, auch wenn sie wie Pech an ihm haftete und seine Kreativität lähmte. Die Prüderie des Systems nötigte Johannes zu Selbstzweifeln, ob er sich vielleicht in Abgründe verstrickte, doch er hatte ein einwandfreies Gefühl. Trotzdem kam er sich vor wie ein Teenager, der heimlich etwas Verpöntes tat. Erstaunlich, wie die Schubladen des Systems unseren inneren Kompass beeinflussen, obwohl die Frage nach dem richtigen und dem falschen Handeln seine berufliche Manie geworden war. Vielleicht sollte man Fälle nicht mehr nach rechtlicher Schuld, sondern nach dem Abhandenkommen von Menschlichkeit beurteilen. Doch dann wäre das Lehrgebäude des Rechts schnell an seiner Grenze, und mit ihm die ganzen Statisten, die konformen Rollen-Schauspieler, die nicht erkannten, worum es wirklich ging. Oder verharmloste er etwa gerade das Verbrechen? Wie ist es denn definiert, dieses Wort? Also ethisch: Wenn der Gesellschaftsvertrag missachtet wird, aber keiner wirklich einen nennenswerten Schaden verzeichnet, ist es dann auch ein Verbrechen? Das waren Fragen, die sich auch Matthias unentwegt stellte: Soll Restauration eine bestimmte Ausstrahlung wiederherstellen oder darf sie diese verändern? Der Philosoph und der Komponist teilten miteinander diese Gedanken und erörterten stundenlang Gliederungsprinzipien und Doktrinen ihrer Kunstbereiche. In ihren sokratischen Ergüssen manifestierte sich die Kultur des Durchdringens, des Willens, zum Kern vorzudringen. Das Funktionieren nach der putativen Wirklichkeit überließen sie anderen. Das war ein Wink ihrer Professionalität, aber beruflich bedeutete es Stagnation. Diese Tragödie wurde ihr gemeinsames Schicksal, doch es blieb jedenfalls finanziell ohne Folgen. Ihr Austausch veränderte Johannes Auftreten. Er trug schwarze Designeranzüge, die ihm Seriosität und Autorität verliehen. Keiner wagte es, dem Philosoph zu widersprechen, denn seine Urteilsbegründungen waren von einer stichhaltigen Wahrheit, Meisterstücke der Rechtauslegung. Ob er eine Position bekleidete, war unerheblich. Sein Wort zählte, weil es das Ergebnis einer sinn- und gedankenreichen Ergründung war. So wurde Johannes zu einer Eminenz auch ohne Karriere. Niemand würde behaupten, dass er mit der Welt der Beschuldigten flirtete.

Von Matthias lernte er, dass der Wesenskern der Kunst darin bestand, etwas zu erschaffen. Gerichtsverhandlungen waren dafür vielleicht ungeeignet, aber man konnte die Spur der Wahrheit so oder so verfolgen, oberflächlich oder tiefgründig, plakativ oder hermeneutisch, technokratisch oder menschlich. Der eminente Unterschied lag darin, dass die eigene Berufsrolle mehr ist als eine Arbeitsplatzbeschreibung. Man musste sie prägen, und nicht durch sie geprägt werden. Und das hieß, dass man ein Etymologe der Kategorien wurde: Schuld, Täter, Motiv. Das war das wesentliche, sonst würde man ja jeden Morgen in ein Gefängnis voller Vorschriften und tristem Büroambiente einziehen. Der Dunst der Delinquenz musste neugierig darauf machen, was wirklich geschah. Man musste brennen für die Wahrheit, so wie Matthias brannte für die monumentale Schönheit. So wurde aus Johannes ein Robespierre der Justiz, hellsichtig, sprachbegabt, prinzipientreu. Er lebte seine eigenen Maxime von Recht im Gerichtssaal. Weder Demagogie noch Lügen täuschten seinen Scharfsinn für die Wahrheit. Johannes machte aus der Rechtsprechung seine Kunst. Das verlieh ihm Souveränität und Unabhängigkeit. Er hob sich ab von den ganzen Konformisten, die agierten, als hätten sie einen gebrochenen Halswirbel. Er konnte aufrecht gehen, obwohl er manchmal daneben lebte wie der versoffene, fette Danton. Der hat aber am Ende die Freiheit erkämpft, nicht die Musterrevolutionäre. Denn er handelte nach persönlichen Normen. Er hatte dem Begriff Sittlichkeit eine ganz neue Bedeutung verschafft, eine eigene Moral, die Lust und Tugend versöhnte. Diese zwei Seiten sah Johannes auch an Angeklagten. Die Wahrheit war keine Überführung der Täuschung, sondern sie war eine Dichotomie.

Am Dienstag hatte Johannes es mit zwei Burschen zu tun, die in ihren Anfängerwagen ein Losfahrwettrennen fuhren. Sie waren völlig unbedarft und verkannten die Gefahr. Weiter als von den bärtigen PS Protzen in der Innenstadt mit ihren 100 000 Euro Schlitten konnte man gar nicht entfernt sein als Paul und Connor. Der eine wurde in der Schule gemobbt, dem anderen lief die Freundin davon. Beides waren belastende Lose in einem jungen Leben, die die Vernunft auf eine harte Probe stellten. Johannes empfand so etwas wie väterliches Mitleid mit den beiden, die durch ihr Kompensationshandeln andere hätten gefährden können. Der Horizont ihrer kleinen Welt war mental im Kinderzimmer hängen geblieben, und sie suchten so etwas wie Wege in ihre Zukunft. Paul war ein schüchterner Elektro-Azubi, dessen unbekümmerter Lebensmut Johannes imponierte. Trotz seiner Misserfolge im schulischen Leben blickte er in seinen als Traum vernebelten Wunsch vom Leben, und Connor war das, was man einen Chaot nennt, auf dessen Charme man immer wieder hereinfallen würde. Beide waren so eine Art Dick und Doof, ein Slapstick der Angeklagtenwelt, lebendig gewordene Comicfiguren. Sie machten sich lustig über das Leben, und dieses über sie. Die Konkurrenz ihrer Kleinwagen war lächerlich, sie handelten aus dem Stimulus der Illusion, ein Battle als Spaßfaktor ließe ihre bedauernswerte und freudlose Wirklichkeit abflauen, sie wären für einen kleinen Moment befreit von den Fesseln der vielen Ansprüche, die das Erwachsenenleben an sie stellt. Paul war 14, als er merkte, dass er aus der Welt seiner Eltern in der grauen Hartz Siedlung ausbrechen will. Aber das war ohne Begabung oder Renitenz ein aussichtsloser Plan, und er wurde ein Gefangener, ein unfreiwilliger Schauspieler skurriler Milieustudien. Wieso ausgerechnet diese Verlierer dann immer auch noch delinquent wurden, konnte man nur mit Tragikomik erklären. Wenn eine Pfütze den Alltag löcherte, traten sie hinein. Das Glück hatte sie verlassen. Und er sollte das mit dem Holzhammer beurkunden. Der Urteilsspruch als Flankierung der Missgeschicke einer Existenz? Er sollte die verloren gegangene Rechtstreue bewusst machen, doch die war weder Sozialisations- noch Alltagsinhalt in Pauls Jugend gewesen. Es war eine Welt der Jogginghosen und vollen Aschenbecher. Enge und Trübsinn prägten das Dasein, nicht Pläne und Schaffenskraft. Der Traum vom Ausbruch verwirklichte sich im ersten Auto. Paul wurde mit der mobilen Freiheit eine eigenständige Person, die noch auf der Suche war, aber das Marionettendasein schnitt er ab wie eine Kette. Durfte Johannes diesen Emanzipationsprozess der Wertefindung mit Repressionen anzünden? War ein Stoppschild auch ein Stolperstein? Manchmal kam es ihm vor, als ob seine Verteidigung des Rechts Leben zerstörte, dabei war das Zerstörerische die Missetat, nicht der Urteilsspruch. Aber seine Erkenntnis, dass er über eine Werteordnung richtete und nicht nur auf ein Delikt reagierte, machte ihm Kummer. Wer sagte ihm denn, was im Leben zählt? Das hing doch von der Deutung der eigenen Träume ab! Darüber zu richten, überforderte ihn, er empfand es als eine Anmaßung. Er wollte nicht über Leben richten, doch genau das war jedem seiner Schuldsprüche immanent. Unweigerlich mutierte er zu Gott, der in das Schicksal eingriff. Paul war kein gutes Beispiel für einen verdorbenen Charakter, den man auf die rechte Spur zurückholen musste. Er war dabei, ein arbeitender Steuerzahler zu werden, der sein eigenes Drehbuch schreibt. Eine bürgerliche Existenz war sein Traum, bescheidener Besitz, Eigenständigkeit, das kleine Glück. Sein Rechtsverstoß war jugendliche Unbedarftheit. Aber sie gefährdete andere Menschen, und diese Gefährlichkeit rief nach einer roten Linie. So sah die Waagschale aus, die Johannes bestücken sollte. Das war doch ein Scheißjob, Prinzipien gegen Werte auszuspielen. Er kam sich vor wie ein Halunke, ein Himmelhund. Wie ein Dreckskerl. Es fühlte sich einfach nicht an wie auf der richtigen Seite. Wäre er kein Statist der offiziellen Erzählung vom Recht, dann wäre der Richter ein Schurke. Wie die Farben der Position verschieden leuchteten, je nachdem, von wo aus man schaute! Die Matrix der Gesetze war wie ein Spinnennetz, das ihn gefangen hielt, so wie Paul seine Herkunft. Sie waren keine Figuren im Saal, deren Rollen sie unterschiedlich wertvoll machten, sondern eigentlich saßen sie im selben Boot. Er fühlte sich wie ein Lehrer, der beim Unterrichten in der Klasse zum Lernenden wird. So etwas war ihm noch nie passiert, dass er immer wieder neu die Moral seiner Rolle erörterte, obwohl er doch die Direktive sein sollte, eine Richtlinie zwischen richtigem und falschem Verhalten. War das vielleicht die Überforderung, die andere ihm unterstellten? Oder war das die Reflexion der eigenen Rolle, die eine fachgerechte Kompetenz ausmachte? Wenn man doch wüsste, was Professionalität bedeutet. Es war wie mit der Definition von Schuld, die eine Abwägung von Absichten, Zwecken und Formen der Handlungen vornehmen musste. Wo weder die Rolle des Recht Sprechenden noch die Frage der Schuld geklärt waren, konnte ein Gerichtsverfahren doch nicht wirklich ein Ort sein, der Rechtsbewusstsein initiierte und Orientierung schuf. Die Erzählung von der Würde des Rechts war eine Dichtung. Es war ein Spiel, das Gerichtsverfahren kam ihm vor wie Sartres Stück *Die geschlossene Gesellschaft*, eine problemangereicherte Nullpunktprosa, die vom gemeinsamen Eingeschlossen-Sein in der Hölle erzählt. So machte die Redewendung *Fahr zur Hölle* endlich Sinn. Eigentlich verteidigte ein Richter doch das Gute und gehörte in den Himmel. Aber unvermeidlich spielte er eine Figur im Film über die Hölle. Davon musste er sich ein für allemal freimachen, und so wurde er verrückt und fand Gefallen an Auftritten in Travestie-Shows. Er lebte die Lüge als Show, und das war in jedem Fall ehrlicher als seine Richterrolle.

Abends verwandelte sich Johannes, der Richter, in Johanna, die Drag Queen. Er kam sich vor wie eine gute Fee, die alle beglückte mit ihrem exaltierten Auftritt. Make-Up, bunte Kostüme und hohe Schuhe versteckten seine Grübeleien hinter einer farbenfrohen, geschmacklosen Fassade. Es war eine solche Überschreitung der gesellschaftlichen Normalität, dass er einen riesigen Spaß an dem legalen Tabubruch-Spiel fand. Es war eine Maske, die Garnitur eines Hasardspiels, was andere in ihm sahen. Wer bin ich wirklich? Ein unzufriedener Mann? Jemand, der gerne Grenzen überschreitet und provoziert? Ein anderes Ich als meine engherzige Aufgabe im zivilen Leben? Wer bin ich, und wenn ja, wie viele? Was wäre den Gerichten doch geholfen, wenn die Richter, die borniert waren und sich zu ernst nahmen, doch eine Maske trügen. Dann würden sie die Performance vieler Delikte besser sehen können. So sahen sie bloß sich selbst. Dieses Paradox meinte Siegfried Lenz mit seiner gleichnamigen Erzählung, und bereits Kästners Monolog eines Blinden beschrieb den sehkranken Bettler, der als einziger die psychischen Zerwürfnisse der Weimarer Gesellschaft erspürte. Das war das Essentielle, das es im Gerichtsprozess herauszuschälen galt: In welcher Atmosphäre, unter welchen seelischen Strukturen geschah eine Straftat? Und welche Rolle implizierte diese Handlung? Manchmal waren die Wirklichkeiten ganz anders als man anscheinend glaubte. Das Maskenspiel bestand auch ganz ohne Maske, und Johannes hatte verstanden, dass es der Schlüssel zur Wahrheit war.

Bei einem seiner Auftritte begegnete ihm Connor. Der spielte Travestie-Comedy, und seine Texte waren geistreich und emotional. Aber er verheimlichte diese Passion vor seinen Freunden, die ein bisschen hinterwäldlerisch waren und ignorant. Johannes lud ihn auf ein Glas Wein ein und erfuhr, wie die Freundin dieses Hobby als Abkehr von der Geschlechterliebe missverstehen wollte, die Sache aber für seine Innenwelt ohne Alternative blieb. Connor wurde von seiner Seele getrieben, eine wahre Identität zu finden, und das Ding mit Paul war eine Abwechslung von dieser anstrengenden Selbstpflicht. Er war kein Autoposer, er war ein Verwandlungskünstler, der Komik betrieb. Sein Gemüt trieb ihn an, er wurde ein Grenzgänger der

Welten. Sein Ich hatte abwechselnd Höhenflug oder schlechtes Gewissen, in seinen Texten spielte er mit dem Mann Frau Ding. Er war intelligent, aber entwurzelt, also wechselte er seinen Beobachterposten. Er betrachtete sein Leben von außen, eine exzentrische Position, ein Zeichen gebildeter Menschen. Seine gespielten Rollen schärften seinen Blick für das Bedeutsame, für die ausschlaggebenden Dinge im Leben. Zum Beispiel, dass Identität ein Konstrukt aus Erfahrungen war, und kein Gesamtwerk von Charaktereigenschaften. Diese Erkenntnis hatte er mit Johannes gemein. Die Autosache war nur eine Spontaneität, eine Auszeit von dem tiefgründigen Trip. Eine Nebensächlichkeit. Im Gerichtssaal wurde sie aber zur Hauptfigur. Das konnte doch nur eine Maske sein, die man ihr aufgesetzt hatte.

Connor war das, was man einen Wesensflüchtling nennt. Wenn er auf ein Proprium verengt werden sollte, begann er zu rennen, weg von den Fesseln der fremdbestimmenden Konvention. Er wollte frei sein und seine Ich-Definition selbst vornehmen. Er war ein Suchender, dessen Begierde nach einer passenden Schale an der Wirklichkeit zerschellte. So wurde er ein für immer unfertiges Geschöpf, das seine Impulse nicht verorten konnte und deshalb manchmal sinnbefreit agierte. Genau so muss es an dem Abend mit der Autosache gewesen sein. Es war im wahrsten Sinne des Wortes ein Drive, aber nicht der Angeberei, sondern der Leere in seinem Herzen. Ein Ausdruck der Irrlichter seiner Identitäten. Was genau sollte eine Strafe bewirken: Dass er aufhört, nach einem Ichbewusstsein zu suchen und das annimmt, was andere in ihm sehen? Wäre das das authentische Selbst? Es wäre wie eine psychische Vergewaltigung, Unrecht, das den Namen des Rechts trägt. Wiederholt begegnete Johannes das Problem der vielen Gesichter einer Sache, und immer bestand ein Kampf zwischen dem Inneren und dem Außenbild einer Person. Dieses Muster von Ambiguität versetzte ihn in eine tiefe Ratlosigkeit. Denn das Trauerspiel der Verhandlungen war, dass hinter jedem kleinen Delikt ein psychisches oder soziales Drama stand, das die Tat erklärte, für Zuschauer aber wie eine Entschuldigung wirken musste. Doch wer einen Mord aufklären wollte, studierte auch den Geist des Mörders. Als genuiner Ermittler fügte Johannes der Polizeiarbeit eine neue Phalanx hinzu. Von innen betrachtet wirkten die Fälle plötzlich logisch. Das war der Moment, auf den Johannes das

Schiff steuerte: Bis Kohärenz entstand. Zwischen allen Ebenen. Es war aufwändig und stand in keinem Verhältnis zur Sanktion. Aber es war der Hinweis, dass sich Gerechtigkeit einstellt, wenn man es mit der Wahrheit ernst nahm, und die war mehr als der Augenblick des Verstoßes.

Johannes überlegte, ob er mit seinem Richterspruch auch Verantwortung übernehmen musste für die biographischen Zerwürfnisse der jungen Angeklagten. Er dachte an Balzac, der meinte, dass das Vergessen das Leben erst erträglich machte. Konnte ein Gericht nicht einfach mal vergessen? Leider war die Folgenlosigkeit von Delikten schlecht für das Image der Justiz. Und also sollten Paul und Connor ihren Kopf dafür herhalten. Dieses Spiel verabscheute er, es bewarf sie mit Teer, anstatt die Straftat zu verstehen. Er empfand eine Affinität zu den beiden

Angeklagten mit ihren biographischen Baustellen, die die Ungerechtigkeit des Lebens spiegelten. Er verurteilte sie dazu, einen bescheidenen Betrag an ein Kinderhospiz zu zahlen, und vergaß ihre Straffälligkeit, denn er hatte das Gute in ihnen entdeckt. Das Gute als Strafe war besser als die Repression ihrer Charaktere. Johannes haftete fortan der Ruf eines milden Richters an, aber das war es nicht, was wirklich in seinen Prozessen geschah. Vielmehr hatte er gelernt, Fälle ganzheitlich zu behandeln, und das schloss Strafe als Abschreckung aus. Immer mehr Ebenen füllten seine Verhandlungen: Berufliche, biografische, psychische, soziale, Milieuleben, Erziehung, Sozialisation, Identität, Charakter, emotionale Verfassungen, und nicht zuletzt rechtliche. Was zählt denn bei der Bemessung von Schuld? Alles ein bisschen? Oder eine Rangfolge? Welche? Seine Verhandlungen waren Milieustudien, Sozialstationen und Psychotherapiestunden in einem. Sie hatten genauso wie die Verhandlungsinhalte viele Gesichter, die Fratze des Verbrechens war eine jansuköpfige Physiognomie. Ein Hardliner zu sein hieße, das zu ignorieren und eine reduzierte Rechtsprechung zu praktizieren. Gleichzeitig verhinderte seine Professionalität eine Karriere. Sie diente nicht der Generierung von Präzedenzfällen, und sie zeigte Rollenreflexivität statt Funktionieren. Maßgeblichkeit durchsetzte die Anforderungen an alle Rollen im Prozess, auch seine. Normalerweise funktionierte sie nach dem Binärschema der Welt, Gut vs. Böse, Schlechtigkeit vs. Bedeutsamkeit, und so weiter. Doch die Wirklichkeit war diffiziler als dieser Zweck der Effizienz. Eine Norm zu erfüllen, war nicht Johannes Naturell.

Er war Drag Queen, Homosexueller und Richter in einem. Wer weiß denn schon, wie eine Rolle in der anderen wirkte und was tonangebend war: Das Bunte? Das Gleiche? Das Urteilende?

Johannes war sich manchmal selber fremd. Er fand Angeklagte attraktiv, er stocherte in deren Leben wie ein Voyeur und er hinterfragte scharfsinnig alle Rechtsbegriffe. Was war nicht in Ordnung mit ihm? Das lag daran, dass er seit seinem Studium unentwegt damit haderte, welchen wirklichen Sinn ein Strafverfahren hat. Die gängigen Narrative erschienen ihm wie ein schlechter Anstrich. Darf man einen Angeklagten und seine Tat verstehen wollen? Widerspricht das der Agenda einer Bestrafung? Oder war es Voraussetzung für ein gerechtes Urteil? Verstehen war schließlich nicht Verständnis. Und trotzdem war es häufig das, was ihn verzweifeln ließ. Vielleicht war er wirklich ungeeignet als Richter und sollte lieber mit Connor Travestie-Cabaret spielen.

Johannes trank noch einen Rotwein auf seinem Balkon, und er rauchte eine Marlboro Menthol. Er sinnierte lange über die Philosophie des Strafrechts, und er kam wie immer zu keinem Ergebnis. Alle Pädagogen, so der Philosoph Karl Jaspers, hätten eine geheime Neigung zum Menschenmachen. So wollte er nicht sein. Er dachte eher an Helmut Schmidt, der auf die Frage, was er rauchenden Jugendlichen sagen würde, antwortete, er würde niemals jemandem unerbetene Ratschläge geben. Das war ja gerade das Kernproblem: Ob ein liberaler Mensch ein guter Richter sein kann, und ob ein Richter ein guter Liberaler sein kann? Lange blickte er in die Glitzerwelt der Stadt und dachte: Ein guter Richter ist ein ethischer Skeptiker. Und er ermöglicht das Leben!